일상,
여행,
순간을
찍다

일상, 여행, 순간을 찍다

강평석 글·사진

도서출판 더로드
The Road Books

추천사

참 아름다운 숨구멍

자기가 좋아하고 즐기는 일을 하는 사람의 모습은 아름답다. 그런 사람을 곁에서 지켜보는 일은 더욱 기쁘고 행복하다. 강평석의 첫 사진집이 그러하다. 그의 이번 사진집에는 성실과 열정으로 향기를 자아내는 사진들로 가득하다. 자연을 사랑하는 마음, 여행을 통해 일상을 보듬고 세상을 보듬고 자신을 보듬은 목무전우(目無全牛)한 결과물이다.

취미로 찍기 시작했다는 사진들을 처음 보여주었을 때 짧은 글을 넣어 사진집을 권했었다. 이후 사진 속에 짧은 글을 접목시켜 나가는 그의 열정과 끈기에 감탄이 절로 나왔다. 사진집에 담긴 짧은 그의 시들은 소박하지만 진솔하다. 핸드폰으로 풍경을 읽어 내는 눈길 역시 예사롭지 않다.

그의 사진집에서는 사람 냄새가 난다. 소소한 일상에서 행복을 찾아가는 마음! 가족과 친구와 주변 사람과 함께 나눈 시간들이 담겨 정겹고 따뜻하다. 사진에 대한 스토리와 정보를 기록한 것도 그의 친절한 배려이리라. 그래서 강평석의 사진집은 그 어떤 사진집보다 소중하고 값지다.

그가 사진 속에 담아낸 풍경들은 절묘하면서도 자연스럽다. 같은 풍경이라도 어떤 각도에서 바라보는가에 따라 울림은 다르다. 감동과 웃음을 자아내는 그의 사진 중에서도 〈샤스타 데이지〉, 〈대둔산 설경〉, 〈차귀도 가는 길〉, 〈향적봉 설경〉, 〈매화마을〉, 〈하늘을 나는 고래〉, 〈야스나 호수〉, 〈웃음 머금은 산수유〉, 〈향일암 일출〉 등은 걸작 중에 걸작이 아닐 수 없다.

그의 사진집은 추위와 어둠을 뚫고 피는 〈복수초〉로 시작해 희망을 상징하는 〈새해 일출〉로 마무리 된다. 사진집이 나오기까지의 그의 여정도 그러했으리라. 하나의 작품집이 감동으로 다가오기 위해서는 인내와 노력의 땀방울이 수반되기 마련이다. 우리 마음을 정화시키고 웃음꽃을 자아내는 정겨운 사진집! 그의 사진집이 일상에서 지친 사람들의 마음을 위로해주는 아름다운 숨구멍이 되어 주리라 믿는다.

아동문학가, 동화마중 발행인 김자연

프롤로그

대학교를 졸업하고 직장에 들어가서 첫 월급을 받았을 때 월급 대부분을 카메라를 사는데 썼습니다. "카메라는 좋은 걸로 하나 꼭 있어야 된다."는 생각을 늘 했기 때문입니다. DSLR이 출시되었을 때도 여러 번 대리점을 방문했습니다. 하지만 그때마다 화소가 업그레이드되었고 결국 카메라 교체 시기를 놓쳤습니다. 지금은 '삼성 갤럭시 스마트폰'으로만 사진을 찍고 있습니다. 어느덧 10년째입니다.

중고등학교 때 수학여행이 떠오릅니다. 경주나 설악산 등 단체 여행 버스 안에서 노래 잘 부르고 춤 잘 추는 친구들이 인기가 많았습니다. 하지만 단체 버스를 내리면 카메라를 들고 있는 친구가 인기 짱이었습니다. 필름현상소에서 빌려 온 올림푸스 카메라를 들고 우르르 몰려다니며 사진을 찍었습니다.

이젠 추억속의 한 장면이 되었고 스마트폰이 그 역할을 대신하고 있습니다. 스마트폰에 장착된 카메라 기능을 제대로 숙지만 하면 누구라도 멋진 사진을 찍을 수 있게 되었고 관광지마다 스마트폰 들고 인증 샷 찍는 풍경이 익숙해졌습니다.

스마트폰 사진을 잘 찍도록 저를 이끌어 준 고마운 분이 있습니다. 아시아 최초로 '미국 다이아몬드상'을 수상한 유신웅 사진명장입니다. "기회가 오면 어떤 순간에도 촬영을 한다."면서 SNS 스마트폰 사진/동영상 촬영 편집 강의를 해주었습니다. 〈2018 스마트폰 사진 전주10기〉로 하루 2시간씩 7번 교육을 받았는데 많은 도움이 되었습니다.

2020년에는 지방자치인재개발원에서 '고급리더 장기교육'을 받았습니다. 바쁜 업무에서 벗어나 저를 재충전할 수 있었고 시간적으로도 여유가 있었습니다. 그때 마침 아동문학가 김자연 작가님이 진행하고 있었던 '리더들의 글쓰기, 동화수업'에 참여하게 되었고 3달 동안(일주일에 한번, 하루 2시간) 수업을 받았습니다.

"국장님은 사진을 잘 찍고 좋아하니까 포토에세이 한번 만들어 보세요." 동화수업을 함께 받았던 김순이 작가와 이은정 작가가 팁을 주었습니다.

"국장님! 동화라는 게 사실 별거 아니에요. 어린아이 시선으로 사진에 글을 입혀 보세요." 김자연 작가님은 제 마음속에 꽁꽁 숨어 있었던 동심(童心)을 밖으로 꺼내도록 마중물을 부어주셨습니다. 덕분에 2020 뽀빠이 공무원 포토에세이 『길 위에 서니 비로소 보인다』가 탄생했고 2021년과 2022년에도 한권씩 총 3권의 포토에세이가 만들어졌습니다. 그동안 책꽂이에 꽂혀 있었지만 이제 세상 밖으로 나왔습니다.

이젠 스마트폰으로 촬영한 사진에 글을 입히는 것이 일상이 되었고 멋진 사진을 찍기 위해 일부러 길을 나서고 있습니다. 유신웅 사진명장과 김자연 작가님에게 감사드립니다.

『일상, 여행, 순간을 찍다』는 5장으로 만들었습니다. 〈1장〉은 산길과 풀숲을 헤매며 마주했던 향기로운 꽃들에 대한 이야기 〈2장〉에서는 휴대폰 들고 전국 방방곡곡을 돌며 찍었던 사진과 글 〈3장〉은 소소한 일상에서 행복을 찾게 해준 이야기 〈4장〉에서는 제 사진을 보신 분들이 사진에 글과 그림을 덧붙인 작품들과 제가 진행한 '포토에세이 1기 과정'에 참여하신 다섯 분의 작품 〈5장〉은 일상에 여행이 스며들었던 그 순간들을 어떻게 포착했는지 그 과정과 느낌을 담았습니다.

폴 세잔은 "예술가란 새롭고 특별한 것을 보여주는 것이 아니라 일상적인 것 중에서 사람들이 미처 발견하지 못하는 것을 보여주는 것"이라고 했습니다. 사진과 글이 함께 했던 모든 날 모든 순간이 설레고 눈부셨습니다. '가까이 있는 것의 아름다움을 새롭게 인식하고 눈을 뜨는 일'이 저에게 생겨나고 있습니다.

늘 여행 친구가 되어주었던 아내와 은숙씨네 부부, 사진을 찍어 카톡으로 보내면 장문의 피드백을 보내준 임은영 명품진행자, 세줄일기로 사진을 빛나게 해준 곽인자 작가님과 멋진 그림을 그려 보내주셨던 송정순 화가님, 옆에서 책쓰기를 늘 권유해 준 백명숙 작가님과 유길문 카네기 전북제주지사장에게 고마움을 전합니다.

부족한 사진과 글을 멋진 책으로 만들어 주신 '프로방스 출판사' 조현수 회장님께 감사드립니다. 꼼꼼하게 교정을 봐준 아내, 2024년 두 달 간격으로 결혼식을 선물로 준 딸 누리와 아들 세영이, 한 식구가 되어 준 준영이와 지수에게도 고마운 마음을 전합니다.

"한 살 두 살 나이를 먹을 때마다 아픈 곳이 늘어난다."며 푸념하시는 엄마와 장모님이 지금 모습 그대로 오래오래 건강하셨으면 좋겠어요.

2017년 『나는야 뽀빠이 공무원』을 출간하고 뽀빠이 공무원으로 열심히 살았습니다. 2023년 6월말 공직생활을 마치고 카네기평생학습센터장으로 인생2막을 바쁘게 지내고 있습니다. 저는 사진을 찍을 때마다 늘 설레고 가슴이 뛥니다. 이제는 뽀빠이 휴대폰 여행사진작가로 행복하게 지내고 싶습니다.

강평석

contents

chapter 1

꽃과 향기 찾아 삼만 리

1 복수초 16
2 변산바람꽃 18
3 매화 22
4 홍매화 24
5 노루귀 26
6 현호색 30
7 얼레지 32
8 목련 34
9 벚꽃 38
10 금낭화 40
11 철쭉 꽃동산 42
12 유채꽃 44
13 이팝나무꽃 48
14 샤스타 데이지 52
15 라벤더 54
16 연꽃 56
17 수국 58
18 맥문동 60
19 버들마편초 62
20 꽃무릇 64
21 해바라기 66
22 아스타 국화 68
23 메밀꽃 70
24 개미취 72

chapter 2

휴대폰 들고 전국 방방곡곡

1 완주(完州)의 사계(四季) 76
2 자작나무 명품 숲 86
3 제주특별자치도 92
4 울산광역시 120
5 포천과 순천 126
6 메타세쿼이아 길 130
7 세량지 136
8 가던 길을 멈추고 138
9 초원에 누워 140
10 요술구슬 142
11 보리밭 사잇길로 144
12 용의 모습 소나무 146
13 주산지 148
14 한 장으로 충분하다 152
15 외딴 집 154
16 겨울풍경 154
17 덕유산 향적봉 156
18 손에 손잡고 160
19 울릉도, 독도 162

chapter 3

소소한 일상에서 찾은 행복

1 오래된 가족사진 168
2 아빠 인생은 매일 상한가 170
3 아들 합격소식 172
4 새로운 시작을 응원해 174
5 특별한 밥상 176
6 엄마랑 꽃구경 178
7 첫 독자 180
8 세상에서 가장 아름다운 정원 182
9 열여덟 소녀 184
10 마술부린 엄마밥상 185
11 꿀 맛 같은 휴가 186
12 지금 이 모습 그대로 187
13 티격이와 태격이 188
14 오랜만에 교복을 입으니 190
15 깔깔깔 김장 전문요리사 192
16 걷기왕 우리아빠 194
17 바느질하는 즐거움 196
18 핸드메이드 노트북 가방 200
19 나의 두 번째 결혼 202
20 있잖아요 203
21 자전거 사주세요 204
22 신천목장 바닷길 205
23 아가페 정원 206
24 메타세쿼이아 황톳길 208
25 아내의 소망 210
26 매일매일 웃으면서 지내요 212

chapter 4

콜라보레이션(Collaboration)

1 새 날 216
2 한탄강 글짓기 218
3 자작나무 숲속 가을꽃 220
4 고군산군도를 품은 산자고 222
5 화엄사 홍매화 224
6 만산홍엽(滿山紅葉) 226
7 동백 228
8 코스모스 230
9 마무리는 주인공이 232
10 세량지 풍경 234
11 금빛 자작나무 숲 235
12 자작나무 여름 숲 236
13 매화 238
14 홍매화 239
15 인생2막 준비 240
16 담고 잇다 242
17 만화방초, 첫사랑 수국 243
18 코엑스 리빙디자인패어 참가했더니 244
19 윤제림 수국여행 246
20 마이산 248
21 아침이슬 250
22 수고했어, 문자야! 252
23 신나는 엄마의 미술시간 254
24 이 맛이 전국최고 256
25 음식은 곧 나다 258

chapter 5

일상에 여행이 스며들다

1 셀프 드라마 촬영 262
2 풍경소리 264
3 신이 내린 걸작 266
4 세한도(歲寒圖) 268
5 눈이 부셔요 270
6 미인이 되시려나 272
7 어느 책을 고를까 274
8 선운사 단풍드는 날 276
9 만경강 강태공 278
10 꼭꼭 숨어라 280
11 까치밥 282
12 해식동굴 285
13 지중미술관 286
14 황홀한 바다 풍경 288
15 바닷가 놀이터 290
16 하늘을 나는 고래 292
17 사진 한 번만 더 부탁해요 294
18 슬로베니아 여행 296
19 크란(Kranj) 가는 길 298
20 프튜이(Ptuj) 풍경 300
21 그래 이 모습이야 302
22 둘이서 손잡고 304
23 트리글라우를 품은 야스나 호수 306
24 숲의 이중창 308
25 그림이에요? 사진이에요? 310
26 깨달음을 준 수목원 풍경 312
27 웃음 머금은 산수유 314
28 부자 거미 316
29 망중한 318
30 도시의 가을 320
31 농촌의 가을 322
32 가을 속 겨울풍경 324
33 눈사람 가족 326
34 다시 시작된 설렘 328
35 희망 가득 청룡호 330

1. 복수초
2. 변산바람꽃
3. 매화
4. 홍매화
5. 노루귀
6. 현호색
7. 얼레지
8. 목련
9. 벚꽃
10. 금낭화
11. 철쭉
12. 유채꽃
13. 이팝나무꽃
14. 사스타데이지
15. 라벤더
16. 연꽃
17. 수국
18. 맥문동
19. 버들마편초
20. 꽃무릇
21. 해바라기
22. 아스타국화
23. 메밀꽃
24. 개미취

chapter 1

꽃과 향기 찾아 삼만 리

01

복수초

화암사 복수초(완주군, 2021. 2. 18, 갤럭시s20울트라)

복수초(福壽草)는 겨우내 꽁꽁 언 얼음을 뚫고 가장 먼저 피어난다. 눈 속에 활짝 꽃망울을 터뜨린 노랑 복수초를 보면 신비롭다. 하지만 눈 속에 핀 복수초를 사진 속에 담는 것이 결코 쉽지 않다. 복수초가 꽃필 무렵에 맞춰 눈이 내려줘야 하고 복수초가 꽃필 만큼 온도가 맞아야 한다. 오전에 가면 추운 날씨라 복수초가 꽃망울을 닫고 있고, 오후에 가면 날씨가 풀려 눈이 녹아버린다.

복수초야

넌 참 장하구나

추위와 얼음을 뚫고
피어나

곧 다가올
봄을 알려주니

2월 중순이면 복수초가 추위를 뚫고 올라오기 시작하고, 매화가 피었다는 소식도 들려온다. 3월에는 노루귀와 얼레지, 현호색이 꽃망울을 터뜨린다. 꽃과 향기 찾아 떠나는 여행이 본격적으로 시작된다. 꽃과 함께하는 모든 날 모든 순간이 예쁘고 찬란하다. 메밀꽃과 개미취까지 보게 되면 12월이 코앞으로 다가온다. 그렇게 꽃과 향기 속에서 행복했던 한해가 저문다.

02

변산바람꽃

변산바람꽃(변산반도, 2021. 2. 27, 갤럭시s20울트라)

변산반도에서
처음 발견되어 이름이

변산바람꽃

엄동설한 추위를
뚫고 피어나는 꽃

예전에 한 번도 본적 없어

어떤 모습일까 상상하며
밤잠을 설쳤는데

수줍게 하얀 꽃망울
머금고 반기는

변산 아씨, 변산바람꽃

바람에 흔들거릴 뿐
아무 말도 없는데

난 왜 이리 설레는지

변산바람꽃(2022. 2. 26, 변산반도, 갤럭시s22울트라)

꽃줄기나 잎이
올라올 때

'노루의 귀'를 닮은

뽀송뽀송 솜털이
예쁘고 귀여운 꽃

코로나로 세상은
혼란스러워도

너는

고귀한 모습으로
다가온다.

노루귀 꽃말은 인내, 신뢰, 믿음, 3월~4월말까지 흰색, 연한 붉은색, 청색 꽃을 피운다. 완주군 경천면에서 청색 노루귀 사진을 찍고 있는데 다투는 소리가 들려왔다. 노루귀 뷰포인트에서 서로 사진을 찍으려고 싸움이 시작된 것 같았다. "제발 싸우지 말고 사이좋게 촬영하세요." 노루귀가 타이르는 것만 같아 부끄러웠다.

연한 붉은색 노루귀(완주군 상관면, 2021. 3. 14, 갤럭시s20울트라)

상관면 둘레길 산책갔다가

반갑게 눈빛 인사
주고받은

연한 붉은색 노루귀

솜털 뽀송뽀송한
여린 줄기로

겨우내 꽁꽁 언 땅
어찌 뚫고 나왔을까

예쁜 꽃 피워
계절을 알리는

봄의 전령사

대견스러워 쓰다듬어
주고 싶었어.

06

현호색

벼룻길 현호색(무주군, 2020 3. 22, 갤럭시s20울트라)

가냘픈 꽃망울
서로 의지하며

주렁주렁 보물 주머니
뽐내고 있었지

너를 만나건
큰 행운이었어

앙증스러운
네 모습에 반해

살금살금
다가갈 수밖에 없었지

현호색은 오묘한 빛을 띠고 있어 현(玄), 중국 북방 민족인 호국 지역에서 생산되어 호(胡), 그 묘가 서로 꼬인다고 하여 색(索)이라고 했다. 꽃말은 보물주머니, 4~5월에 꽃을 피우는데, 여러살이해풀로 물 빠짐이 좋은 곳에서 잘 자란다.

07

얼레지

얼레지(완주군 상관면, 2021. 3. 27, 갤럭시s20울트라)

완주 상관저수지 둘레길
걷다가 찾아낸

보랏빛 꽃망울
얼레지

“나보다 예쁜 꽃 있으면
나와 보라고 해”

마치
자랑하는 것 같았어.

얼레지는 3월말~4월초, 보라색 예쁜 꽃을 피운다. 꽃말은 ‘질투 또는 바람난 여인’이다. 얼레지 꽃을 보러 찾아가는 곳이 두 곳 있다. 완주군 상관면 둘레길, 경천면 화암사 올라가는 언덕길이다. 하지만 상관면 둘레길 얼레지는 산간도로 확포장으로 군락지가 훼손되었다. 그곳에서 예쁜 얼레지 꽃을 다시 볼 수 없으니 참으로 안타까운 일이다.

08

목련

감성과 꿈을 키우는
전주초포초등학교

여섯 해 동안
친구들과 뛰어놀던 운동장

그땐 무지하게 큼지막했는데

어른 되어 찾아오니
손바닥만 합니다.

우와! 우와!
친구들 같은 목련꽃

이쪽에서 퍼엉
저쪽에서 펑펑

팝콘 되어
파란 하늘에 흩날립니다.

초포초등학교 교정(전주시, 2021. 3. 24, 갤럭시s20울트라)

봄꽃 향연 이어지는
삼월 하순 저녁

초포초등학교 갔더니

“등불을 켜듯이 피어난”
목련꽃이 날 반겼어.

나무에 아직 반절은 남아있고
반절은 땅바닥에 떨어졌네

저 목련꽃 길 걸어가면

‘뽀드득 뽀드득’
나를 반기는 노랫소리

목련은 노래가사와 문학작품에 많이 등장한다. 왜 그럴까? 김훈은 〈자전거여행〉에서 “목련은 등불을 켜듯이 피어난다.”고 했고 “목련꽃의 죽음은 느리고도 무겁다. 천천히 진행되는 말기 암 환자처럼, 그 꽃은 죽음이 요구하는 모든 고통을 다 바치고 나서야 비로소 떨어진다.”고 했다. 우리네 삶과 많이 닮아 있어서 그런가보다.

09

벚꽃

세병호 산책길(전주시, 2021. 3. 28, 갤럭시s20울트라)

벚꽃 흩날리는 이맘때
즐겨 듣는 노래가 있지요.

"봄바람 흩날리며, 흩날리는 벚꽃잎이
울려 퍼질 이 거리를 둘이 걸어요."

세병호 산책길
노을과 시선을 맞추었는데

나뭇가지 사이로
노을을 품은 벚꽃이

봄바람에 흩날리네요.

전국에 벚꽃이 만발하는 4월이 오면 '버스커 버스커'가 부른 〈벚꽃엔딩〉 노래가 울려퍼진다. 전주 에코시티 세병호를 걷고 있는데 벚꽃 사이로 노을이 들어왔다. 바로 휴대폰을 꺼내들었다. 찰칵찰칵, 간편해서 참 좋다.

10

금낭화

벼룻길 금낭화(무주군, 2021. 4. 11, 갤럭시s20울트라)

금낭화가

다소곳하게
일렬 지어 있는 모습이

'오선지 위 어여쁜 음표'
같아요.

11

철쭉 꽃동산

완산칠봉 철쭉 꽃동산(전주시, 2023. 4. 13, 갤럭시s22울트라)

전주 완산시립도서관 뒤
완산칠봉 철쭉 꽃동산

겹벚꽃이 만개했어요

산철쭉은
색깔별로 활짝 피었고요

서부해당화, 황매화도 보여요

울긋불긋 꽃 대궐 속에서
한참동안 놀다왔어요

〈완산칠봉 철쭉 꽃동산〉은 인근에 거주했던 토지 주인 김영섭(1944년생)씨가 1970년부터 철쭉, 벚나무, 백일홍, 단풍나무(1,500여 본)를 심고 40년동안 가꾸어 온 동산이다. 조경업자로부터 매매유혹에 흔들렸지만 할머니가 어린 손주를 데려고 놀러와 즐거워하는 모습을 보고 계속 가꾸게 되었다고 한다. 4월에는 이곳에 와서 놀아야겠다.

12

유채꽃

금강변 유채꽃밭(충북 옥천군, 2022. 4. 18, 갤럭시s22울트라)

금강 변 친수테마공원
유채꽃밭

왕따나무 사이로
노랑색 융단이 깔려있는 듯

금강 유채길 따라 걸으며

꽃도 보고
물도 보고
산도 보았어요

유채꽃은

바람에 살랑대며
제 모습을 뽐내지만

금강은

초록을 머금은 채
유유히 흐른다.

청산도 유채꽃(전남 완도군, 2022. 4. 16, 갤럭시s22울트라)

노랑 유채꽃과 바다가 어울려 있는 모습, 그런 풍경을 사진으로 찍고 싶었다. 버킷리스트 중 하나였다. 청산도(青山島)에 가면 가능했다. 봄이 오면 청산도 여행 계획을 늘 세운다. 하지만 전주에서 완도항 여객선터미널까지 230㎞를 3시간 넘게 운전해야 하고, 완도항에서 19㎞ 떨어진 청산도까지 배편을 이용해야 했다. 늘 가고 싶었던 청산도를 모임을 통해 갈 수 있다니 가슴이 설레었다.

슬로시티 청산도, 건강의 섬 완도 1박 2일 '고리회' 모임을 다녀왔다. 지방자치인재개발원에서 고급리더(4급) 교육을 1년간 함께 받은 공무원 동기 모임이다. 회원인 강성운 완도부군수(지금은 전라남도의회 의사담당관) 안내를 받아 구석구석 청산도를 둘러보았다.

오랜만에 모였는데 View도 최고, 음식도 최고였다. 남해 바다를 배경삼은 노랑 유채꽃 사진을 덤으로 얻었다.

13

이팝나무꽃

이팝나무 눈꽃터널(전주시, 2019. 5. 11, 갤럭시s18)

오월이면
이팝나무 눈꽃터널이 생기는 곳

팔복동 예술공장 인근 기차길

우와! 함박눈이다.
한겨울로 되돌아간 듯

빨간 우산을 든 아낙네
고맙게 포즈를 취해줍니다.

이팝나무 꽃이 만발하면
풍년이 든다던데

하얀 쌀밥을
주렁주렁 매달았으니

올해는 풍년이 드나 봅니다.

전주 팔복동 예술공장 인근 기찻길에 이팝나무꽃이 만발했다. 사진을 찍고 있는데 빨강색 우산을 쓴 아낙네가 감사하게도 휴대폰 앵글 속으로 쏘옥 들어왔다. '이리 고마울 수가 있나'

이팝나무 눈꽃터널(전주시, 2023. 5. 4. 갤럭시s22울트라)

땡 땡 땡 땡
건널목 차단기가 내려가고

칙칙 폭폭
기차가 다가옵니다.

찰칵 찰칵
여기저기 셔터소리 터지고

이팝나무 꽃은
눈 꽃 되어 흩날립니다.

버려진 듯 구석진 곳
전주 이팝나무 철길

보기만 하면 탄성을 지르는
천국의 길이 되었네요.

사진을 김순이 작가에게 공유했더니 곧 피드백이 왔다. 보내온 글 중에서 "버려진 듯 구석진 곳 전주 이팝나무 철길, 보기만 하면 탄성을 지르는 천국의 길이 되었네요." 문장을 더하니 한 편의 글이 완성되었다. 기차는 하루에 두 번 운행을 한다.

14

샤스타 데이지

샤스타 데이지(부안군, 2022. 5. 24, 갤럭시s22울트라)

서해 바다 풍경이 보이고
노을 지는 모습이 더해지는

하얀 꽃 만발한
부안 변산 마실길 2코스

구절초인 듯
마가렛을 닮은

'샤스타데이지'

진한 향기가
서해 바다로 퍼져 나갑니다.

2022년 5월 하순, '변산바람길 2코스'를 찾았을 때 사람들로 가득했다. 고급 카메라와 삼각대가 엄청나게 줄지어 있었다. 휴대폰(삼각대)은 감히 낄 수 없을 만큼, 진사님 뒷모습만 담아갈 상황이었다. 군락지 아래쪽으로 30여 미터 뛰어 내려갔고, 바닥에 엎드려 바다와 노을과 샤스타 데이지를 휴대폰 앵글 속에 담았다.

15

라벤더

하늬 라벤더 팜(강원도 고성군, 2020. 6. 27, 갤럭시s20울트라)

〈하늬 라벤더 팜〉은 '라벤더 전도사'로 불리는 하덕호 대표가 2006년부터 3만 3000여㎡에 라벤더를 심어 조성한 곳으로, 보랏빛 향기가 늘 머무는 곳이다. 겨울에 눈이 많이 오면서도 따뜻한 강원도 고성은 라벤더가 자라기에 좋은 기후 조건을 갖췄다. 아내와 고성에 들렀다가 라벤더 아이스크림을 맛보았다.

고흐와 모네 작품을
연상시키는

유럽 시골 마을 풍경 닮은
하늬 라벤더 팜

뭉게구름은
보라색 꽃밭에 내려앉고

라벤더 꽃향기
뿜, 뿜, 뿜

“그대는 보랏빛처럼
살며시 다가왔지”

‘보랏빛 향기’
노래를 흥얼거렸어요.

보랏빛 꽃과 향기를 쫓아 전국을 헤매고 다녔다. 강원도 고성군 하늬 라벤더 팜(2019, 2020. 6. 27), 전남 광양시 사라실정원(2020. 6. 13), 전북 정읍시 허브원(2021. 6. 19), 고창군 청농원(2022. 6. 22), 전남 신안군 퍼플섬(2023. 4. 28), 난‘보라덕후’인가 보다.

16

연꽃

송광사 연꽃(완주군, 2023. 7. 7, 갤럭시s22울트라)

빗줄기가
세차게 내립니다.

그럼에도

완주군 소양면 송광사
연꽃은

꼿꼿하게

아름다움을
지키고 있네요.

진흙 속에서 피어난 진분홍색 연꽃, 제 몸에 흙탕물이 튀어도 화내지 않고 늘 웃기만 하는 단아한 연꽃 모습을 보면 홀딱 반하게 된다. 7월 초순 완주군 소양면 송광사에 가면 바로 코앞에서 멋진 연꽃을 찍을 수 있다.

17

수국

위. 그레이스 수국정원(경남 고성군, 2021. 7. 18, 갤럭시s20울트라)

아래. 윤제림 수국(전남 보성군, 2023. 7. 8, 갤럭시s22울트라)

두근두근 설레는 마음으로 휴일아침 길을 나선 곳, 수국과 안개나무가 근사했던 전남 보성군 '윤제림', 어느 국립공원 못지않은 규모와 View를 지닌 민간정원이었다. 수십 년간의 노력과 정성이 깃든 "치유수국 숲길"을 걸으며 힐링을 했다. 입장료와 주차료가 없으니 가심비가 최고다. (2022. 7. 3)

장대비를 뚫고 수국 명소 '윤제림'에 다녀왔다. 수국이 어찌나 싱싱하고 예쁘던지, 수국 길이 어찌나 호젓하고 멋지던지, 꽃길을 걸으면서 둥근 마음을 가득 담아 왔다. (2023. 6. 30)

산책하기 좋고 사진이 곱게 나오는 민간정원 경남 고성군 '그레이스 수국정원', 나무 아래 나지막이 피워낸 수국은 겸손해 보여 사랑스럽고 아름다웠다. (2023. 7. 8)

만 가지 꽃과 향기가 있는 경남 고성군 '만화방초', 퍼붓는 빗속에서 숲길을 헤매어도 즐거웠다. 다행히 만화방초 수국축제(2023. 6. 10 ~ 7. 9)에 맞춰 왔다. (2023. 7. 8)

윤제림은 2022년도까지 입장료를 받지 않았지만, 2023년부터 입장료(일반 6,000원, 청소년 5,000원, 어린이 4,000원)를 받고 있다.

18

맥문동

송림 산림욕장 맥문동(충남 서천군, 2023. 9. 1, 갤럭시s22울트라)

진안고도 으뜸인 마이산을 등지고 해바라기가 살랑거린다. 일편단심 '태양의 꽃' 행운이 쏟아지고 돈이 들어온다는 '황금의 꽃' 해바라기, 노을은 구름과 숨바꼭질 하고 가을향기 솔솔 마이산 품안에서 가을이 익어간다.

해바라기는 중앙아메리카가 원산지인 한해살이풀로 노란색 꽃이 인상적인 식물이다. 해를 닮기도 했지만 해를 따라 움직이는 꽃이어서 '태양의 꽃'으로 불린다. 인스타그램을 보고 있는데 진안군 농업기술센터 인근 해바라기꽃 사진이 강렬하게 다가왔다. 바로 그곳을 찾아갔다.

22

아스타 국화

감악산 아스타국화(경남 거창군, 2022. 9. 29, 갤럭시s22울트라)

거창 감악산 정상에서

아스타 국화와
붉은 노을을 만나고 왔어요.

전주에서 출발할 때는
흐린 날씨라 큰 기대를 안했는데

보랏빛깔 아스타국화와
억새 구절초가 어우러진 풍경은

눈부시게 아름다웠어요

붉은 노을이
풍력발전기와 더해진

하늘도 땅도 붉은 핑크빛 세상을
넋을 잃고 바라보았어요.

23

메밀꽃

소설가가 많은
문학의 땅 전남 장흥

봄에는 유채꽃
가을엔 메밀꽃

금빛 은빛 선학동마을

소설 '선학동 나그네'의
배경이 되었고

임권택 감독의 영화
'천년학'을 찍은 곳

소금 같은 메밀꽃
이효석이 생각나네.

반짝반짝 흰 눈 되어
선학동 마을에 흩날립니다.

선학동마을 메밀꽃(전남 장흥군, 2020. 10. 10, 갤럭시s20울트라)

1. 완주(完州) 사계(四季)
2. 자작나무 명품 숲
3. 제주특별자치도
4. 울산광역시
5. 포천과 순천
6. 메타세쿼이아 길
7. 세량지
8. 가던 길을 멈추고
9. 초원에 누워
10. 요술 구슬
11. 보리밭 사잇길로
12. 용 모습 소나무
13. 주산지
14. 한 장으로 충분하다
15. 외딴집
16. 덕유산 향적봉
17. 손에 손잡고
18. 울릉도, 독도

chapter 2

휴대폰 들고 전국 방방곡곡

완주의 여름(만경강 노을, 2021. 7. 25, 갤럭시s20울트라)

만경강 붉은 노을

장엄하고
눈부시네.

오색 물감으로
마술을 부렸나

코로나로
많이 힘들었는데

이런 풍경을 보다니

바라보기만 해도
위안이 되네.

2021년은 코로나가 극성을 부리던 시기였다. 하지만 하늘은 높고 푸르렀다. 노을도 어찌나 예쁘던지. 만경강 주변에 지인 텃밭에 물을 주다가 해가 지는 풍경에 넋을 잃었다. 다음날 작정을 하고 기다렸다가 만경강 노을 사진을 찍었다.

완주의 가을, 대추가 영글어간다(2021. 9. 23, 갤럭시s20울트라)

만경강 바람결에
갈대는 살랑대고

감나무는 구름을
보듬네요.

흰 분홍 고마리 꽃
반짝반짝 빛나고

아삭하게 대추가
영글어가는

완주의 가을은

풍성하고
여유롭네.

완주군 의회사무국장으로 재직할 때이다. 구내식당에서 점심을 먹고 산책길에 나섰다. 갈대와 감나무와 고마리 꽃을 만났다. 그리고 나락이 익어가는 들녘을 배경삼아 대추가 영글어 가고 있었다. 나도 모르게 휴대폰을 꺼내들었다. 완주의 가을이 휴대폰으로 파고들었다.

늦가을 풍경(운주면, 2023. 11. 11, 갤럭시s22울트라)

시골집 뒷마당 볼품없는
감나무 한그루

어린 시절 뛰놀며
한 살 두 살 함께 나이 먹었지

감나무가 휘어지도록
감을 매달 때도 있었고

때론 빈가지만 앙상하게
보듬기도 했었지

하나 둘 감을 따서
장독에 넣었다가

서리 내린 날 꺼내 먹으면
입안에서 사르르

한참을 잊고 살았는데
이제라도 찾아가 쓰다듬어 줘야겠다.

대둔산 가는 길목 '나마스테' 카페에 갔다가 가을풍경과 어우러진 감나무를 보았는데, 어린 시절 추억과 감나무가 함께 떠올랐다.

완주의 겨울, 대둔산 설경(2023. 12. 21, 갤럭시s22울트라)

눈 내린 대둔산을
다녀왔습니다.

케이블카
삼선계단
마천대 정상

셔터를 누르고
사진을 확인하면

탄성이 절로 나오는
순백색 겨울왕국 대둔산

웃음이 절로 나오는 행복한
눈꽃 산행이었습니다.

완주의 겨울을 대표하는 건 대둔산 설경인 것 같아 사진을 찾아보았지만, 직접 찍은 사진 중에서 마음에 드는 사진이 없었다. 2023년 12월 넷째 주, 눈이 많이 내렸다. 대둔산관리사무소에 입산허가 여부를 확인한 뒤, 단단히 무장을 하고 겨울 대둔산에 올랐다.

02

자작나무 명품 숲

케렌시아(Querencia)는 소가 투우 경기 중 마지막 일전을 치르기 위해 잠시 숨을 고르는 공간을 말하는데, 스페인어로 '안식처'를 뜻한다. 케렌시아, 안식처는 사람마다 다양한 형태로 존재한다. 강원도 인제군 〈원대리 자작나무 숲〉은 나의 케렌시아다.

틈난 나면 찾아가는 곳, 거리와 소요시간은 그리 중요하게 느껴지지 않는다. 전주에서 원대리까지 가고 오는데 걸리는 시간과 자작나무숲이 있는 산중턱까지 등산을 하는 데 걸리는 시간을 합하면 꼬박 하루가 걸린다. 이제 그곳은 1박 2일 여행코스가 되었다.

하지만 그곳은 늘 세 번씩 웃음과 감동을 안겨준다. 여행 날짜를 잡으면서 미소를 짓고, 현장에 가서 감동을 하고, 여행후기를 통해 또 한 번 웃는다. 봄 여름 가을 겨울 각기 다른 매력이 있는 곳으로, "눈이 많이 올 것 같아요"라는 일기예보를 접하면 가장 먼저 생각이 난다.

혼자가 아니라 여럿이 함께 있어 빛이 나는 나무. 자작나무는 그런 나무다. 자작나무에 관심 두게 된 사연이 따로 있다.

03

제주특별자치도

이틀 이상 여행을 계획하게 되면 가장 먼저 후보에 오르는 곳이 제주특별자치도다. 여러 번 제주를 찾았지만 세 번의 기억이 소중히 다가온다. 첫 번째는 우리 식구와 은숙씨네 식구, 총 8명이 함께 다녀온 25년 전 제주여행이다. 제주 미니어처 박물관, 테디 베어 박물관 등 아이들이 좋아할만한 곳을 구석구석 돌아다녔다.

특히 우도 바닷가 기억은 지금도 생생하다. 우도 바닷가에서 신나게 물장구를 치며 놀던 아이들에게 "이제 다음 목적지로 가야지"라고 했더니 꼬마 녀석 네 명이 동시에 항의를 했다. "아니, 왜 벌써 가요. 조금만 더 놀다 가요." 반나절 이상이 늦어졌다. 그때 우도 바닷가는 자연 그대로 모습이어서 참 깔끔했었다.

두 번째는 친구와 다녀온 여행이다. 유길문 친구와 4박 5일(2020. 8. 10 ~ 8. 14), 3박 4일(2021. 4. 23 ~ 4. 26) 두 번을 다녀왔다. 남자 둘이 여행 온 팀은 우리뿐이었다. 사람들이 모두 우리만 쳐다보는 것 같았다.

세 번째는 퇴직을 앞두고 아내와 다녀온 졸업여행이다. 코로나 여파로 해외여행을 갈 수 없는 상황이었다. 직장에서 보내주는 9일 여행(출장

오설록(2022. 4. 19, 갤럭시s22울트라)

용머리해안(2022. 4. 17. 갤럭시s22울트라)

여행 10일차, 송악산으로 이동을 했고 바다가 바로 보이는 곳에 숙소를 잡았다. 형제섬 일출을 보았고, 대한민국 최남단 마라도를 다녀왔다. 마라도 첫 도전은 높은 파도로 회항했고 두 번째 시도 끝에 마라도에 발을 디뎠다.

한국의 그랜드캐니언이라 불리는 용머리해안, 전국적으로 해수면 상승이 가장 심한 곳. 파도가 높아 3일을 기다린 끝에 다녀왔다. 용머리해안을 다 둘러보고 주차장에서 사진을 보니 아내 사진은 근사한데 내 사진은 맘에 드는 것이 없었다. 아내에게 양해를 구하고 다시 되돌아가서 멋지게 사진을 찍었다.

오늘 저녁은 '미영이네식당' 고등어회다. 고등어회와 하얀 탕 맛이 끝내준다. 대기를 했는데, 대기 순서 실시간 파악이 가능해서 차에서 편안하게 기다렸다. 유독 이곳에만 손님이 몰렸다.

문화공간 '이룸' 이윤정 이사장님이 엄마와 제주도 여행을 계획하고 계셨다. 제주도 일정과 사진을 공유해 드렸더니, "용머리해안에 가면 저도 코치님처럼 인증샷 남겨볼래요." 한참 후에 만났고, "용머리 사진 찍으셨어요?" 물어보았더니, "엄마는 성공했지만 저는 성공하지 못했다"며 아쉬워했다. 맘에 드는 사진을 남기는 것이 생각보다 쉽지 않다.

여행 11일차, 제주도 섬속의 섬 차귀도를 가는 날이다. 오징어가 제주 바람에 향긋하게 익어간다. 오징어는 바람에 흔들거리며 살짝살짝 차귀도를 보여주는데, 영락없이 사람이 옆으로 누워있는 모습이다.

해발 77m 수월봉에서 바라본 풍광은 가슴을 시원하게 해주었다. 수월봉 Geo Trail, 겹겹이 쌓여있는 수월봉 화산체 형성과정이 한 눈에 들어온다. 영겁(永劫)의 시간이 저 안에 담겨있었다. 미쁨제과에서 커피 한잔 마시며 잠시 휴식의 시간을 가졌다.

김대건 신부 제주표착기념관, 우리나라 첫 신부인 김대건 신부와 제주 천주교 교회의 역사를 되새겼다. 차귀도 투어를 마치고 숙소로 돌아오는 해안도로에서 청보리밭과 노을을 동시에 만났다. 일단 스톱! 그리고 스마일

우도, 가파도, 마라도, 차귀도, 비양도 총 5곳 섬 투어를 했다. 가장 기억에 남는 곳은 가파도와 마라도였다. 마라도는 파도가 높아 아쉽게 회항을 했었는데, 다음날 바다가 잔잔해졌을 때 재도전했을 했고, 마라도 짜장면을 맛보았다.

차귀도 가는 길(2022. 4. 18, 갤럭시s22울트라)

천지연 폭포 가는 길(2022. 4. 20, 갤럭시s22울트라)

천지연 폭포 가는 길

울창한 숲을 따라
봄의 향연이 펼쳐진다.

숲은
녹색과 연두 빛으로

좌우 대칭을 이루고

구름은 하늘을 품은 채
연못에 반사되어

한 폭 풍경화로
바뀐다.

제주여행 13일차, 군산오름, 중문 색달해변, 대포 주상절리, 외돌개, 기당미술관, 천지연폭포를 숨가쁘게 둘러보았다. 천지연폭포는 '하늘과 땅이 만나 이루어진 연못의 의미를 담고 있는 곳'이다.

김영갑갤러리 두모악(제주특별자치도 서귀포시 성산읍 삼달로 137)

김영갑갤러리, 국립제주박물관, 본태박물관, 왈종미술관, 아라리오미술관 등 10개의 미술관과 박물관을 찾아다녔다. 가장 기억에 남는 곳은 김영갑갤러리와 국립제주박물관이었다. 세한도 제주특별전에서 세한도 진품을 바로 코앞에서 보았던 그때 감동이 지금도 생생하다.

아내와 제주도를 여행하며 들렀던 카페에도 꽂혀 있었고, 게스트하우스에도 어김없이 『그 섬에 내가 있었네』 책은 꽂혀 있었다. 김영갑 갤러리에서 사온 그 책을 어제서야 다 읽었다. 사진을 향한 작가의 집념과 열정에 절로 고개가 숙여진다. 그는 가고 없지만 〈김영갑갤러리 두모악〉과 『그 섬에 내가 있었네』 책 속에서 여전히 살아 숨을 쉰다.

"내가 사진에 붙잡아 두려는 것은 우리 눈에 보이는 있는 그대로의 풍경이 아니다. 시시각각 변하는 들판의 빛과 바람, 구름, 비, 안개이다. 최고로 황홀한 순간은 순간에 사라지고 만다. 삽시간의 황홀이다. 손바닥만 한 창으로 내다본 세상은 기적처럼 신비롭고 경이로웠다."

(김영갑 저서 『그 섬에 내가 있었네』 중)

이 책을 곁에 두고 지치고 나태해 질 때마다 꺼내 읽어야겠다.

황홀한 노을(2022. 4. 21, 갤럭시s22울트라)

서귀포, 송당, 송악산에 이어 제주도 마지막 여행코스 애월로 이동했다. 애월 숙소 '달작'은 독채이면서 정원이 잘 가꾸어졌다. 주인장의 정성이 느껴진다. 애월 숙소로 이동하는 날, 황홀한 노을을 보았다. 저런 풍경을 3일 동안 내내 볼 수 있다니 생각만 해도 행복했다. 그러나 딱 한 번, 그리고 끝이다.

04

울산광역시

태화강 국가정원 핑크뮬리(2022. 10. 20, 갤럭시s22울트라)

2023년 11월, 울산광역시 강의 겸 여행 일정이 잡혔고, 어디를 가볼까 검색을 했다. 가장 먼저 눈길을 사로잡은 곳이 장생포 문화창고 지관서가에서 바라본 노을 풍경이었다. 장생포문화창고는 냉동창고를 리모델링해 만든 복합문화공간였고, 지관서가 북카페는 장생포문화창고(6층 건물) 6층에 있었다.

책방 겸 카페인데 바다 풍경이 너무 멋진 장생포문화창고 〈지관서가(止觀書架)〉, 노을 지는 바다 풍경을 유리창 틀 속에 넣어 사진을 찍었고 지인에게 공유했더니 "울산이 베니스가 되었네요."라며 좋아하셨다.

일몰 시간(오후 17:25)이 빨라서였는지 인터넷으로 검색해서 보았던 사진만큼 노을 풍경이 강렬하지 않았다. '그래, 첫술에 배부를 순 없지' 스스로에게 위로를 했다. 다음에 울산을 한 번 더 찾아야 할 핑계거리가 생겼다.

05

포천과 순천

왠지 정겹게 느껴지는 친구 같은 도시가 또 있다. 경기도 '포천시'와 전남 '순천시'다. 포천시에는 허훈 교수님과 김남현 국장님이 계시고, 순천시에는 최미선 면장이 있다.

김남현 국장은 '포천홍보대사'를 자처하며 포천을 구석구석 안내한다. 전북카네기클럽회원들과 포천 힐링투어 및 워크숍을 다녀왔고, 향칠회 회원들과도 두 번을 다녀왔다.

특히 기억에 남는 것은 한탄강 단풍투어(2022. 10. 26~10. 27)와 향칠회 힐링 투어(2023. 9. 2~9. 3) 였다.

좌. (사)전북카네기클럽 클릭 동아리회원들과(2019. 9. 1)
위. 아내와 한탄강 단풍투어(2022. 10. 26, 갤럭시s22울트라)
아래. 향칠회 회원들과 포천투어(2023. 9. 2, 갤럭시s22울트라)

2022년, 아내와 포천시 한탄강 단풍투어를 했다. 비둘기낭 폭포와 하늘다리, 멍우리협곡과 화적연을 잇는 가을 단풍 길이 환상적이었다. 2023년에는 향칠회 회원들과 포천 구석구석을 돌아다녔다. 두 번 다 관광지 숙소 예약 및 안내 모두 김남현 국장이 자청하셨다. 가끔 전화 통화를 하는데 통화가 끝날 무렵에는 “언제 포천에 오느냐”며 채근을 한다.

최미선 면장은 공무원 글방 ‘향부숙’을 통해 만났고, 향칠회 모임을 함께 하고 있다. 도시공간재생과장으로 일했고 얼마 전 낙안면장으로 발령이 났다. 2023년 향칠회 모임, 전북카네기클럽 야유회로 순천을 두 번 다녀왔다. 최미선 면장은 “이제 낙안면에 오셔야죠?”라며 재촉을 한다. 주위에 좋은 사람들이 있어 참 좋다.

노을과 순천만 갈대모습(2023. 10. 28, 갤럭시s22울트라)

전망대에서 본 순천만 노을(2023. 10. 28, 갤럭시s22울트라)

06

메타세쿼이아 길

메타세쿼이아 길(전남 담양군, 2021. 5. 9, 갤럭시s20울트라)

전남 담양군은 대표 관광지 메타세쿼이아 랜드가 있고 소쇄원 등 볼거리가 많은 곳이다. 전주에서 1시간 거리여서 시간 날 때마다 찾는다.

'담양호 천년경관숲'은 담양호의 수려한 자연경관을 푸른 숲과 함께 느낄 수 있는 용마루 길과 연계한 담양의 대표적인 수변 구간 산책코스이다. 그 길을 아내와 함께 걸었다.(2020. 3. 19)

'메타세쿼이아 랜드'는 파릇파릇 신록을 머금고 햇살을 품은 메타세쿼이아 나무가 환한 미소로 반기는 곳이었다. 꼭 한번은 걷고 싶은 길, 그 길을 아내와 함께 걸었다.(2021. 5. 9)

메타세쿼이아 잎이 뚝뚝 떨어져 뒹굴고, 온통 붉은 기운이 가득한 늦가을. '소쇄원, 관방제림, 죽녹원, 국수거리, 메타세쿼이아 길, 프로방스' 그 길을 아내와 함께 걸었다.(2018. 11. 11, 2021. 11. 28, 2023. 12. 3)

메타세쿼이아 늦가을 풍경(2021. 11. 28, 갤럭시s20울트라)

가을 끝자락에 찾은

메타세쿼이아
산책길

물 위에 쌓여진
가을의 흔적들

그 위를

사뿐사뿐
걸어가고 싶다.

담양은 순창과 담양 간 국도변 드라이브와 메타세쿼이아길 트레킹, 언제 찾아와도 지친 마음을 보듬어주고 채워주는 Magic을 선물 받는 곳이다. 아직도 남아있는 늦가을을 만끽하면서 내년 봄 다시 오겠다고 약속했다.

메타세쿼이아 늦가을 풍경(2023. 12. 3, 갤럭시s20울트라)

늦가을에 다시 찾은 메타세쿼이아 길을 아내와 함께 걷고 있는데 연못이 나왔다. 가을바람이 산들산들, 연못에 비친 나무와 구름이 꿈틀댄다. 물위에 떨어진 단풍 모습이 더해지니 몽환적이다.

카네기 최고경영자과정을 함께 코치했던 임은영 북토크 진행자에게 사진을 공유해 드렸더니 바로 피드백이 왔다.

"캬! 담양에는 늦가을이 남아 있군요. 센터장님을 기다렸나 봐요. 보내주신 사진을 거꾸로 뒤집어 보면 왠지 멋질 것 같은데요." 사진을 뒤집어서 임은영 코치님에게 보냈더니 피드백이 또 왔다. "뒤집으니 사진이 너무 특별해요. 원본 사진이 좋아서 그런가 봐요."

관점을 뒤집어보는 것은 새로운 시야를 갖게 하는데 도움을 준다. 사진도 마찬가지인 것 같다. 그냥 거꾸로 뒤집었을 뿐인데 다른 느낌이 든다.

07

세량지

세량지의 봄(전남 화순군, 2021. 4. 2, 갤럭시s20울트라)

안개가 피어오르는 주산지(경북 청송군, 2022. 10. 28, 갤럭시s22울트라)

14

한 장으로 충분하다

경주는 중학교 수학여행 때 처음 다녀왔다. 가족 여행으로도 다녀왔고, 가끔씩 찾아가는 곳이다. 어느 날, 인스타그램(Instagram)을 통해 본 '경주 대릉원 목련사진'이 나의 눈길을 사로잡았다.

해 질 녘 대릉원 노을 지는 모습이 하얀 목련과 어우러져서 무척 예뻤다. 그래 꼭 가서 찍어야지. 하지만 몇 년째 실천을 못하고 있다.

그러던 차에 또 한 장의 경주 사진을 발견했다. '경북천년숲정원' 다리에서 찍은 사진이었다. 봄에 찍은 사진도 있었고 가을에 찍은 사진도 있었다. 가을 사진이 더 마음에 들었다. 2023년 수능일 전 날 아내와 함께 경주를 찾았다.

전주에서 곧장 경북천년숲정원으로 직진했고 도착해(오후 4시 30분) 보니 많은 사람들이 줄을 서 있었다. 한참을 기다려야 할 것 같았고 많은 사람들이 뒷배경속에 남을 것 같았다. 고민 끝에 다음날 오전 7시 경북천년숲정원을 다시 찾았고 1시간 동안 마음껏 찍었다. 그리고 이 사진 한 장으로 충분히 만족했다.

경북천년숲정원(경주시, 2023. 11. 15, 갤럭시s22울트라)

15

외딴 집 겨울풍경

외딴집 겨울풍경(장성군, 2022. 2. 5, 갤럭시s22울트라)

장성군 삼서면에 있는
외딴 집 한 채

밤사이에 눈이 내리고

파란 하늘이 고맙게도
고개를 내밀어 준 날

뭉게구름이 두둥실 뛰노는
평온한 겨울풍경을 보니

멍멍이랑 뛰놀던
시골집이 떠올라요

날씨 도움이 절대적으로 필요하다. 눈이 내려 수북이 쌓여 있어야 하고, 맑은 하늘을 볼 수 있어야 한다. 구름이 엑스트라로 등장해 주면 금상첨화다. 세 번을 찾은 끝에 맘에 드는 사진을 찍었다.

16

덕유산 향적봉

하지만 독도에 접안을 하지 못해 여객선에서 눈으로만 독도를 보았다. 독도에서 '울릉도 동남쪽 뱃길 따라 200리' 〈독도는 우리 땅〉 노래를 부르고 싶었는데, 다음에는 독도를 꼭 밟아보고 싶다.

독도박물관(울릉도, 2021. 6. 14, 갤럭시s20울트라)

1. 오래된 가족사진
2. 아빠 인생은 매일 상한가
3. 아들 합격소식
4. 새로운 시작을 응원해
5. 특별한 밥상
6. 엄마랑 꽃구경
7. 첫 독자
8. 세상에서 가장 아름다운 정원
9. 열여덟 소녀
10. 마술부린 엄마밥상
11. 꿀 맛 같은 휴가
12. 지금 이 모습 그대로
13. 티격이와 태격이
14. 오랜만에 교복을 입으니
15. 깔깔깔 김장전문 요리사
16. 걷기왕 우리아빠
17. 바느질하는 즐거움
18. 핸드메이드 노트북 가방
19. 나의 두 번째 결혼
20. 있잖아요
21. 자전거 사주세요
22. 신천목장 바닷길
23. 아가페 정원
24. 메타세쿼이아 황톳길
25. 아내의 소망
26. 매일매일 웃으면서 지내요

앞 꼭지와 뒤 꼭지가
불룩 튀어나온

고집 센 꼬마 녀석이 자라
어른이 되었습니다.

두 번 실패를 맛보았고
세 번째 도전 끝에

중등교사 임용시험에
합격하였습니다.

아들, 세영아!
지금 간절함을 늘 기억하고

소통하며 존경받는
선생님이 되렴

04

새로운 시작을 응원해

두 장의 카드

“첫 월급 받았어요”

제가 준 카드를 반납하고
“엄마 아빠 선물이에요”

체크카드를 내미는데

기분이
그리 좋을 수가 없네요.

아니 이 녀석이
언제 이리 컸지

대견하고 뭉클합니다.

05

특별한 밥상

정성 가득한 엄마 밥상(2023. 8. 8, 갤럭시s22울트라)

딸과 딸 남자친구를 위해
특별한 밥상을 차렸습니다.

장보기와 설거지는 제가 했고
음식은 아내가 준비했습니다.

식당 밥보다 집 밥을 좋아하는
두 사람을 위한 한 끼 식사

고추, 오이, 가지는 텃밭에서
제가 직접 가꾼 유기농 식재료

잘 먹는 모습만 바라보아도
배가 부릅니다.

정성가득 뜻깊은 점심 밥상
기분이 참 좋습니다.

06

엄마랑 꽃구경

경남 함안군(2021. 5. 29, 갤럭시s20울트라)

핸드메이드 수제가죽가방"이라며 칭찬해 주셨고, 선물을 받은 아내도 무척 좋아했다.

2020년 6월, 딸 생일 선물을 고민하다가 '수제가죽가방 만들기 두 번째 크로스백 만들기' 도전에 나섰다. 젊은이가 좋아하는 색깔을 골랐고, 주말을 작업장에서 바느질하면서 보냈다. 그렇게 두 번째 Hand-Made 가죽제품이 탄생했다.

수제가죽가방 세 번째 만들기는 '엄마와 장모님을 위한 도전'이었다. 색깔은 미리 여쭤본 뒤 두 분이 모두 공감하는 검정 색깔로 정했고, 두 개의 검정색 핸드백을 더 만들었다.

네 번째 도전은 Book Cover였다. 직접 만든 Book Cover를 지인에게 선물했더니 무척이나 좋아했다. 명함을 꽂을 수 있고, 책갈피 기능도 갖춘 다용도 북커버였다. 가죽으로 무장한 책에서 향기가 진동했다.

해마다 10월은 가장 고민스러운 달이다. 아내의 결혼기념일과 아내 생일이 겹쳐 있어서 아내가 좋아할만한 선물을 찾아야하기 때문이다. "올해는 무슨 선물을 하지?" 고민 끝에 흰색 핸드메이드 가방을 만들었다. 다섯 번째 도전이었다.

2020년도에는 난생처음 바느질을 배웠고, 핸드백, 가방, 크로스 백, 북커버 등 세상에 하나뿐인 핸드 메이드 수제가죽 제품들을 만들었다. 한 해 동안 가장 잘한 일이었다.

22

신천목장 바닷길

제주도 올레길3코스(2021. 2. 10, 갤럭시s20울트라)

(Wife) 너무 멋져요.

(Me) 제가요?

(Wife) 아뇨.

(Me) 그럼 뭐가요?

(Wife) 저 바다요.

23

아가페
정원

아가페 정원(익산시, 2021. 9. 21, 갤럭시s20울트라)

chapter 4

콜라보레이션
(Collaboration)

01

새 날

순천만 습지(순천시, 2023. 5. 21, 갤럭s22울트라, 글 허훈)

완주군 소양면
종남산 자락에

터를 잡은
오성 한옥마을

자작나무 숲 속에
감나무 한 그루

붉게 익은 감은
가을꽃입니다

서윤덕 작가는 2016년 『조력자의 힘』 책을 썼고, 2024년 시집 『그 맘 알아』를 출간했다.
네이버블로그 〈서윤덕시인/감동언어전문가〉를 운영하고 있다.

04

고군산군도를 품은 산자고

산자고(새만금 대각산, 2023. 3. 15, 갤럭시s22울트라, 글 문정현)

깎아지른 절벽이 가로막아도
거센 강풍이 불어와도

대각산에 오르는 것은
'산자고'가 있어서입니다.

서해바다 품은 산자고 너머
아름다운 섬들의 선

'고군산군도'

신시도 벌금이마을 너머
고군산대교

그 너머로 무녀도와 선유도
장자도와 꽂지섬, 무산십이봉

아! 산자고와 어우러져
아름다운 고군산군도여!

문정현 작가는 『바랑별의 군산이야기』를 출간했고, 사단법인 아리울역사문화 이사장으로 '군산 속 세계문화 교육사 양성과정'을 개설, 군산의 숨은 역사와 유서 깊은 마을의 문화를 발굴 보급하는 일에 열정을 쏟고 있다.

06

만산홍엽(滿山紅葉)

강천사 단풍(순창군, 2023. 11. 4, 갤럭s22울트라, 글 임화)

한 줌 흙으로부터

대기를 가르는 한 줄기
햇빛과 비와 바람과

밤을 적시는 한 모금
달빛과 이슬과

한 조각
새들의 노랫소리까지

긴 시간 속에서
먹고 마시고 놀다가

그러다 그러다가

끝내
뿜어내지 않고는

주체할 수 없는
토해내지 않고는

배기지 못하는
그들의 명랑한 가을 운동회

07

동백

제주도(2021. 2. 10, 갤럭s20울트라, 시 강석희)

산홍빛 붉은 꽃 차마 시들지 못하고
모가지가 뎅강 떨어지는 순정이여
뼛속까지 스며든 외로움 삭여내고
사무친 그리움이 터진 망울망울

성근 향기가 비처럼 흘러내려
젖은 땅위에 해골처럼 뒹굴어도
서릿발 같은 절개는 가지에 남아
잎사귀도 바람에 숨을 죽인다

강석희 시집 『동백』에 실린 '동백' 시에 사진을 더했다. 강석희 시인은 전주초포초등학교 1976년 졸업 동문이며 '초우회' 모임 친구다.

08

코스모스

오성한옥마을(2021. 9. 25, 갤럭s20울트라, 시 강석희)

시리도록 파란하늘 그리워서
바람 따라 활짝 핀 그 꽃잎

어여쁜 순정이 꽃잎에 물들어
설익은 가을이 무르익어간다

청춘한 향기는 꽃길 따라 퍼지고
한들한들 춤사위에 햇살이 여윈다

강석희 시집 『동백』에 실린 '코스모스' 시에 사진을 더했다. 강석희 시인은 전주초포초등학교 1976년 졸업 동문이며 '초우회' 모임 친구다.

09

마무리는 주인공이

별방진 유채꽃동산에서 찍은 사진을 김광열 화가에게 보내드렸다.

사진을 그림으로 만들어서 보내주셨는데 "끝마무리는 주인공이 하라"는 숙제를 주셨다.

(2022. 4. 13, 그림 김광열)

(김광열) 느낌이 너무 좋네요. 제가 그림으로 그려도 될까요?
(Me) 그럼 제가 더 영광이죠!

그림이 완성되어 카톡으로 보내왔는데 별방진 돌로 된 성이 언덕으로 변해 있었다.

(Me) 근데 돌로 만든 성이 아니라 언덕이 되었네요?
(김광열) 아하! 그림은 제 느낌대로 표현하고 싶었어요.

(김광열) 그리고 저는 느낌만 잡았습니다.
(Me) 완성 본일 줄 알았는데요.
(김광열) 주인공이 검게 색칠되어 있잖아요. 최종 마무리(주인공 색칠)는 주인공이 하세요.

(Me) 제가 손대면 그림 망쳐서 안 되는데요.
(김광열) 그럴 일 없습니다.

김광열 화가는 '홍대 앞 건축' 인테리어 회사 대표였는데, 2011년 여행 중에 '아는 사람이 없는 곳'이라는 이유로 완주에 왔고, 처음 와 본 완주에 귀촌했다. 지금은 '꽁냥장이 협동조합' 대표로 완주지역 지역창업공동체협의회 회장으로 활동하고 있다.

10

세량지 풍경

세량지에서 찍은 사진을 송정순 화가에게 보내드렸다. "나뭇가지를 빼야 할지 그대로 두어야 할지 고민스럽다"고 하셔서 의견을 수렴해드렸더니 빼고 그림을 그리셨다. (2021. 9. 23, 그림 송정순)

11

금빛 자작나무 숲

죽파리 자작나무숲에 다녀왔다. 순백색 자작나무는 하얀 띠를 두른 듯 군락을 이루고, 노랗게 가을 옷 입은 자작나뭇잎은 햇살을 머금고 반짝 반짝 빛이 났다. 사진이 그림 같고, 그림은 사진 같다. 송정순 화가는 그림을 그려주셨고, 곽인자 작가는 '세줄 일기'를 써주셨다. "은빛 자태를 뽐내고 금빛 반짝거리며 기다려주었다. 새로운 풍경이 아닌 새로운 눈을 갖게 해준 참된 여행, 자작나무를 그려내기 위함이 아닌 표현하기 위함이다." (경북 영양군, 2021. 9. 10, 갤럭시s20울트라)

12

자작나무 여름 숲

인제 원대리 자작나무숲(2020. 9. 4, 갤럭시s20울트라, 그림 송정순)

(송정순) 국장님 사진이 너무 좋아서 하나하나 모아 두었다가 한 점씩 풍경화 연습도 할 겸 그려보려고 해요. 지금 그리는 그림 마무리하면 자작나무숲 그려볼까 해요.

(Me) 와우! 자작나무숲, 기대가 되요.

(송정순) 풍경화는 국장님이 찍은 사진 작품으로만 하려고 해요. 나중에 실력이 향상되면 '그림과 시가 있는 사진전' 꿈꾸어 봐요.

송정순 작가는 유한회사 정일 대표, 서울디지털대학교 회화과를 졸업했다.

2020년 ㈔전북카네기클럽 회장과 사무총장으로 함께 일했다.

15

인생2막 준비

공무원으로 27년 근무하면서 업무 이외에 잘한 일이 두 가지가 있다. 첫째는 책을 쓴 것이고 둘째는 데일 카네기 최고경영자과정 수업을 받은 것이다. 공무원 정년퇴직을 하고 큰 어려움 없이 인생2막을 바쁘게 지낼 수 있는 밑바탕이 되었다.

책을 써보라고 권유를 받았을 때, 한 번도 아니고 세 번씩이나 거절을 했다. 그런 나를 책을 쓰게 해준 고마운 사람이 있다. 떨리는 목소리로 데일 카네기교육을 받아보라고 권유한 사람이 있다.

데일카네기 전북제주지사장을 맡고 있으며, 『책향기 사람향기』, 『더 시너지』, 『CEO의 책쓰기』를 쓴 유길문 작가다. 나에게는 스승이면서 친구다. 그런 친구가 곁에 있어 참 좋다.

워렌버핏은 자서전을 통해 "데일 카네기코스에서 인간관계, 커뮤니케이션 스킬 등을 체계적으로 배웠고, 그것은 내가 가진 것중에서 가장 중요한 학위였다"고 했다. 2017년 3월, 데일 카네기 최고 경영자과정을 등록했고 매주 목요일 3시간 이상 교육을 받았다. 24주간 교육과 훈련을 통해 성장했고 단단해졌다.

데일 카네기 최고 경영자과정 코치를 다섯 번 했고, (사)전북카네기클럽 사무총장을 경험했다. 2023년 7월 1일, 카네기평생학습센터장으로 취임했고, 포토에세이반 1기를 개강했다. 다섯 분의 작품을 모아 소책자를 만들었는데, 소책자에 실린 10편 작품을 소개한다.

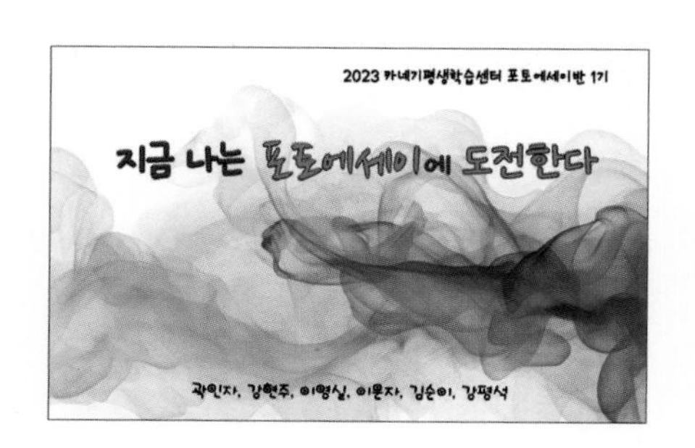

16

담고 잇다

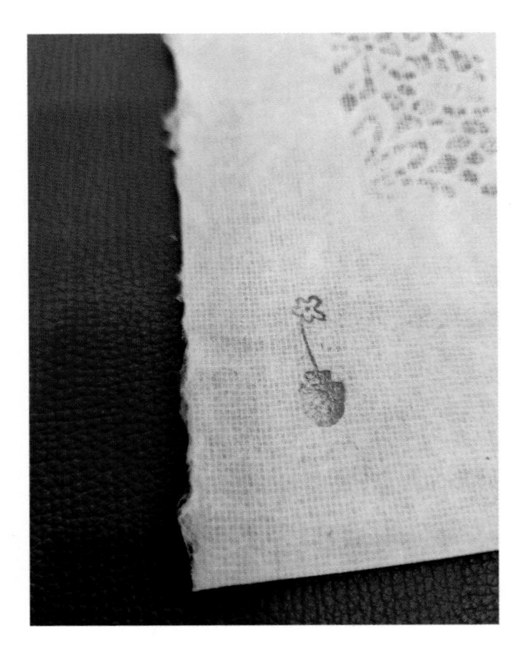

(사진/글 곽인자)

아주 작은 꽃 도장 초인형을 전시장에서 1번으로 데려와 꽃무늬 레이스 한지에 꾹 찍었다. 사랑스럽다. 한지 콜로보한 한지 가방과 잘 어울려 작업이 즐겁다. (2023. 10. 2, 인더메이크업(In The Makeup)에서)

곽인자 작가는 내추럴 메이크업과 헤어스타일링 전문샵 '인더메이크업(In the makeup)' 매장(전주시 완산구 문학대1길 10-3, 1층)을 운영하고 있다. 또한 '자연 手로 잇다' 등 손바느질, 가방, 천연염색에 한지를 콜라보한 개인전을 다수 열었다.

17

만화방초, 첫사랑 수국

(사진/글 곽인자)

꿈속에도 상상할 수 없었던 장면, 첫사랑 수국.

자연으로 영혼이 훨훨 날아다니는 자유로움을 경험했었다.

다시는 느낄 수 없는 황홀함을 추억한다.

(2021. 7. 11, 경남 고성군 '만화방초'에서)

18

코엑스 리빙디자인페어 참가했더니

서울 삼성동 코엑스(2023. 2. 23, 사진 강평석, 글 강현주)

코엑스 리빙디자인패어에
참가하려고

Bono-M 부스를 열었더니
나를 응원해 주려고

전주에서 많은 분들이
한걸음에 달려오셨다

전북카네기클럽 리더님들
너무나 감사하다

(2023. 2. 23, 서울 삼성동 코엑스가구전시장/ A-631)

강현주 대표는 '순수한 자연의 가치'를 전하는 수입원목가구 BONO.M 매장(전주시 완산구 서원로 229)을 운영하고 있다. 보노엠 가구는 "화학칠을 하지 않은 천연고재를 사용하고, 티크나무를 사용하여 내구성이 뛰어나며, 고급스러우면서도 자연스런 분위기를 만들어 준다."며 다들 좋아한다.

19

윤제림 수국여행

(사진 강평석/ 글 강현주)

보성 윤제림 수국여행
처음 밟아보는 꽃길

진달래색, 청보라 수국들, 그리고
쭉쭉 뻗은 나무들이

뽐내며 숲속을 채워준다

내가 좋아하는 빛깔들의 향연
덩달아 안개비가 춤춘다

나도 그 속에서 꿈틀댄다

(2023. 6. 29, 윤제림)

전남 보성군 겸백면 수남리 주월산 일대의 윤제림(允濟林) 숲은 잘 자란 아름드리 나무들로 풍성함을 자랑한다. 337ha 달하는 이 숲은 한평생을 온통 산과 나무에 바친 '윤제 정상환'의 손길로 만들어졌다. 매년 6월말이면 동화 같은 수국동산을 만날 수 있다.

21

아침이슬

(사진/ 글 이영실)

이슬 일까
살얼음 일까

낡은
초등학교 책상 위에

접란 화분을 올려놓았더니

거미가
집을 짓고

아침이슬이
살포시 내려 앉으니

새로운 생명이
시작된다

(2023. 9. 21, 07:21 am)

22

수고했어, 문자야!

(사진/ 글 이문자)

5년 후면 결혼하고 퇴직할거라
생각했었는데,

직장생활 마지막 날
후배 지점장들 축하를 받았다

전북은행 여성 3호 정년퇴임

수많은 발자국을 남기고
이제는 고객으로 돌아간다.

문자야! 토닥토닥
쉼 없이 달려오느라 수고했어

(2020. 12. 30, 전북은행을 정년퇴임 하면서)

이문자 지점장은 30년 넘게 전북은행에서 근무를 했고, 2020년 12월 30일 정년퇴직 했다. 사단법인 전북카네기클럽 동아리활동과 전북대 평생교육원평생학습 프로그램에 참여하면서 인생2막을 바쁘게 지내고 있다.

25

음식은 곧 나다

(사진/ 글 김순이)

음식은 곧 나다

색의 조화만큼이나
상큼한 맛이다

가벼운 한 끼가
때로는

몸과 마음을
가볍게 해준다

기분 좋은 아침식사다.

1. 셀프 드라마 촬영
2. 풍경소리
3. 신이 내린 걸작
4. 세한도(歲寒圖)
5. 눈이 부셔요
6. 미인이 되시려나
7. 어느 책을 고를까
8. 선운사 단풍드는 날
9. 만경강 강태공
10. 꼭꼭 숨어라
11. 까치 밥
12. 해식동굴
13. 지중미술관
14. 황홀한 바다풍경
15. 바닷가 놀이터
16. 하늘을 나는 고래
17. 사진 한번더 부탁해요
18. 슬로베니아 여행
19. 크란 가는 길
20. 프튜이 풍경
21. 그래 이 모습이야
22. 둘이서 손잡고
23. 트리글라우를 품은 야스나호수
24. 숲의 이중창
25. 그림이에요? 사진이에요?
26. 깨달음을 준 수목원 풍경
27. 웃음 머금은 산수유
28. 부자 거미
29. 망중한
30. 도시의 가을
31. 농촌의 가을
32. 가을 속 겨울풍경
33. 눈사람 가족
34. 다시 시작된 설렘
35. 희망 가득 청룡호

chapter 5

일상에 여행이 스며들다

01

셀프 드라마 촬영

오감로니(전주 한옥마을 인근, 2021. 3. 21, 갤럭s20울트라)

전주 한옥마을 인근에
드라마 '오감로니' 촬영한 곳

분위기 있는 카페
'플뢰르'

창가에 앉아
라떼 한 잔 들고

남자 주인공
'장기용' 따라 하며

셀프 드라마 촬영

여유로움은 스스로
만들어가는 것

02

풍경소리

화암사(완주군 경천면, 2022. 1. 30, 갤럭s22울트라)

봄의 전령사
노랑 복수초 구경하러

'잘 늙은 절 한 채'
화암사 갔다가

땡그랑 땡그랑

풍경소리만
듣고 왔어요.

'화암사'는 완주군 경천면 불명산자락에 위치하고 있다. 시인 안도현은 "잘 늙은 절 한 채", "굳이 가는 길을 알려주지 않으렵니다."라는 글귀가 들어간 〈화암사, 내 사랑〉이라는 시 한 편을 지었다.

03

신이 내린 걸작

매화마을(전남 광양시, 2023. 3. 8, 갤럭s22울트라)

봄이 오면 늘 찾아가는 곳이 있다. 광양 매화마을은 그중 하나다. 2019년부터 해마다 찾아가고 있으니, 벌써 5년째다. 2020년부터는 외장 USB에 사진을 따로 보관 정리하고 있다. 사진을 보고 있으면 그때의 추억이 떠오른다. "아! 이렇게 찍을 걸"하는 아쉬움이 든다. 다음 해에는 더 예쁘게 찍을 수 있게 된다.

3월초 광양 매화마을은 전국에서 온 인파로 혼잡했고, 주말과 휴일에는 발 디딜 틈이 없을 정도로 붐볐다. 제대로 사진을 찍을 수 없어 2021년부터는 주말과 휴일을 피해 주중에 매화마을을 찾아갔다. 그리고 2023년에는 해 뜨는 풍경을 함께 담고 싶어 주중 새벽에 매화마을을 찾았다.

매화마을 일출시간(5시 20분이었던 것으로 기억된다)에 맞추려면 전주에서 새벽 3시에 일어나 준비를 해야 했다. 하지만 일출과 함께 펼쳐지는 매화마을 풍경을 보니 피곤함이 스르르 사라졌다.

인스타그램에 광양 매화마을 해가 뜨는 풍경을 올렸더니 많은 분들이 댓글을 달아주셨다. 특히 'seo_hyun5740님'은 "너무 아름답습니다. 신이 내린 걸작이네요."라며 과분한 댓글을 남기셨다. 하지만 난 아직 배가 고프다. 더 멋진 모습을 찍기 위해 봄이 오면 또 광양 매화마을을 찾아갈 생각이다.

04

세한도(歲寒圖)

세한도(제주국립박물관, 2022. 4. 21, 갤럭s22울트라)

학문과 예술, 문학에서
독보적인 영역을 구축하신

추사 김정희 선생

제주특별자치도 국립박물관에서
세한도 진품 보며 감탄했어요

붓 천 자루가 닳아 없어지고
벼루 열 개를 구멍 내는

고독한 정진과 노력을 통해
추사체를 완성하셨으니

그저 우러러볼 수밖에 없네요.

세한도(歲寒圖) 특별전(2022. 4. 5~5. 29) 〈다시 만난 추사(秋史)와 제주〉 추사 김정희가 유배 중인 제주에서 그린 문인화 진품을 178년 만에 제주특별자치도 국립제주박물관 기획전시실에서 두 눈으로 직접 보았다. 뭉클하고 특별했다.

06

미인이 되시려나

미인폭포(삼척시, 2021. 6. 27, 갤럭s20울트라)

삼척시 여래사에서
숨 한번 몰아쉬고

미인폭포 찾아가던 날
비가 주룩주룩 내렸지.

오랜 풍화와 침식을 견뎌내고
'슬픈 전설'을 간직한 채

장엄하게 쏟아져 내리는
우윳빛 물줄기

양손 가득 폭포수를 받았으니
미인이 되시려나

〈미인폭포〉는 강원특별자치도 삼척시 도계읍 심포리에 있다. 폭포가 있는 주변의 협곡이 마치 미국의 그랜드캐니언과 비교된다 해서 '한국판 그랜드캐니언'이라고 한다. 미인이 자신의 처지를 비관하여 폭포에서 투신자살했다는 슬픈 이야기가 전해진다.

08

선운사 단풍드는 날

도솔천에 물든 단풍(고창군, 2021. 11. 16, 갤럭s20울트라)

"버려야 할 것이 무엇인지를 아는 순간부터 나무는 가장 아름답게 불탄다. 제 삶의 이유였던 것 제 몸의 전부였던 것 아낌없이 버리기로 결심하면서 나무는 생에 절정에 선다." (시인 도종환)

단풍이 곱게 물들어가는 늦가을 고창 선운사를 찾았다가 도솔천 불타는 단풍 숲에 흠뻑 빠졌다. 휴대폰으로 여러 장 사진을 찍었는데 모두 예뻤다. 페이스북에 사진을 공유했더니 댓글이 줄을 이었다. "사진이 유화로 느껴진다"는 분도 계셨고, "여고시절 '정비석 선생님의 산정무한'이 떠올랐다"는 분도 계셨다.

어떤 이는 〈나뭇잎〉이란 자작시 "가을비가 내린다. 나뭇잎도 휘날린다. 나뭇잎이 살랑이니, 구름같은 내 마음도 살랑이는구나. 나뭇잎이 붉게 타오르듯 나도 아름답게 물들어야 할 시간이구나."를 보내주셨다.

선운사 단풍을 사진으로 보여드렸을 뿐인데, 반응은 뜨거웠고 다양했다.

시인 도종환은 〈단풍드는 날〉을 통해 고창 선운사 단풍을 표현하고 있다. 전북카네기클럽 회원들과 2021년 늦가을 선운사에 갔다가 근사한 단풍모습을 휴대폰 사진 속에 담았다.

09

만경강 강태공

완주군 삼례읍(2021. 7. 25, 갤럭s20울트라)

석양을 머금은
만경강

탄성이
저절로 나오네

강태공은

고기를 잡는 건지
세월은 낚는 건지

10

꼭꼭 숨어라

구이저수지(완주군 구이면, 2021. 11. 13, 갤럭s20울트라)

12

해식동굴

전북 부안에 가면 꼭
가보아야 할 곳

격포 채석강
해식동굴

물때(썰물)를 잘 맞추면
격포항에서 5분 만에

아주 근사한 사진을
담아갈 수 있어요.

인터넷(https://m.badatime.com)에서 '부안 변산반도 물때 시간표'를 확인하고, 간조시간 앞뒤 1시간 전후로 부안 채석강에 가면 해식동굴에서 멋진 사진 촬영을 할 수 있다. ex) 2023. 4. 13일 간조시간 14:28분일 때, 13:28분~15:28분 사이에 해식동굴 사진촬영이 가능하다. 다만 사진을 찍으면서 상황이 급변할 수 있으니 바다 상황을 수시로 체크해야 한다.

13

지중미술관

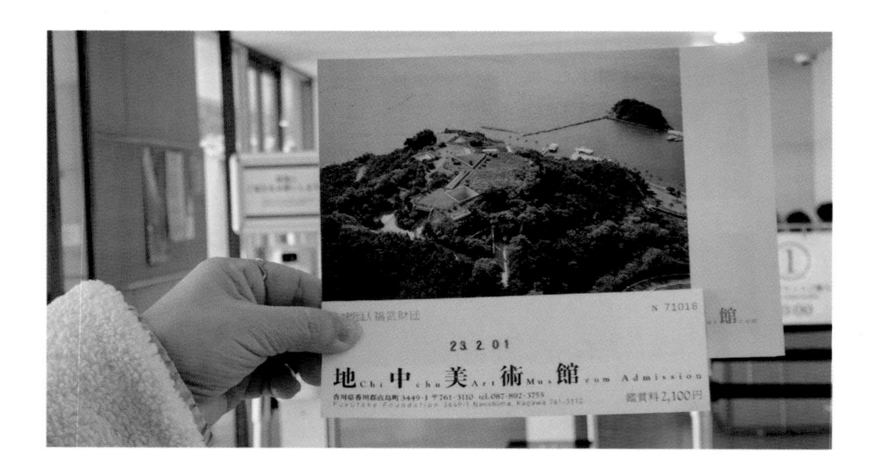

지중미술관(일본 나오시마섬, 2023. 2. 1, 갤럭시s22울트라)

안도다다오가 설계하고 건축한
지중미술관(地中美術館)

클로드 모네의 다섯 점
수련 작품을 보며 감탄을 했고

제임스 터렐의 〈오픈필드〉를 보며
깜짝 놀랐고

월터 드 마리아의
〈시간/영원/시간 없음〉을 보며

한 번 더

세 번을 크게 놀랐습니다
꼭 한번 가보세요

평소 꼭 가고 싶었던 '나오시마 예술의 섬'을 다녀온 것이 일본 시코쿠현 여행(2023. 1. 25 ~ 2. 2) 중에 가장 기억이 남는다.

14

황홀한 바다 풍경

베트남 다낭(2022. 11. 4, 갤럭시s22울트라)

사단법인 전북카네기클럽 회원들과 함께 3박 5일(2022.11. 2~11. 6) 베트남 다낭(Da Nang)과 호이안(Hoi An) 여행을 다녀왔다. 베트남 여행은 호치민(Ho Chi Minh)에 이어 두 번째였다.

베트남 전통 바구니배를 타고 투본강을 투어했고, 다양한 현지 음식을 즐기면서 커피도 종류별로 마셨다. 셋째 날 이른 아침 다낭 숙소 바로 앞 해 뜨는 모습을 보러 해변으로 나갔다.

많은 곳에서 해 뜨는 모습을 봤기에 큰 기대를 하지 않았는데, 해뜨기 전 다낭 바다풍경은 특별했고 신비스러웠다. 그리고 해를 품은 바다모습은 눈이 부셨다. 휴대폰을 꺼내 사진을 찍었다. 덕분에 마음에 쏙 드는 사진이 휴대폰에 남았다

한국에 돌아와 지인들과 커피를 마시면서 사진을 보여주었더니 유길문 친구와 강현주 대표님이 특히 탐을 냈다.

'해뜨기 직전 풍경은 가장 어둡지만 볼수록 황홀하다. 조금만 참고 기다리면 구름사이 바다 위로 태양은 떠오른다.' 액자(사연은 액자 뒷면에 정성껏 썼다)로 만들어 보노엠(BONO.M) 강현주 대표님에게 선물로 드렸다.

"이 사진 색감이 너무 좋아 늘 곁에 두고 보고 있다."는 친구 이야기를 들을 때마다 기분이 좋아진다.

15

바닷가 놀이터

베트남 다낭(2022. 11. 4, 갤럭시s22울트라)

김순이 대표는 '시너지책쓰기 코칭센터' '나는 작가다' 1기를 통해 『음식보다 감동을 팔아라』를 출간했고, 전북카네기 최고경영자과정 24기를 함께 받았다.

유길문 친구, 김순이 대표와 카페에서 커피 한잔 함께 하는데 김순이 대표는 아이 둘이 바다에서 노는 모습이 담긴 사진을 무척 맘에 들어 하셨다. 사진을 확대한 후 액자 뒷면에 사진에서 느껴지는 감정을 오롯이 담아 선물했다.

"넘실거리는 파도를 뚫고 희망을 품은 태양은 떠오릅니다.
푸근하고 편안한 바닷가 놀이터에서 아이들이 꿈을 꿉니다."

맛좋고 건강한 음식을 손님에게 선물처럼 주시는 김순이 대표님에게 이 사진을 드립니다. (2023. 1. 4, 강평석 드림)

김순이 대표가 이 사진을 유독 맘에 들어 했던 이유를 나중에 알게 되었다. 사진 속에서 뛰어노는 두 아이들 모습에서 아들 재현이와 딸 휘정이를 떠올리셨다고 했다.

16

하늘을 나는 고래

베트남 다낭 - 인천국제공항 비행기(2022. 11. 6, 갤럭시s22울트라)

〈한국도로공사 전주수목원〉은 국내 유일의 도로전문 수목원으로 국민과 함께하며 공익을 우선시하는 사회공헌활동 차원으로 비영리로 운영되고 있는 곳이다. 마음이 울적하거나 기분전환이 필요할 때면 종종 찾아간다.

‘인스타그램 jeonbukstar’에 소개된 수목원 사진이 내 눈길을 사로잡았다. ‘수목원 내부가 아니라 주차장 안쪽 시설과 공조팝나무 풍경을 드론으로 촬영한 사진’이었다. (2023년 5월 8일 게시)

2023년 5월, 전주수목원에 갔다. 먼저 인스타그램 사진으로 보았던 장소에 갔다. “아! 나도 드론을 배워야겠다.” 멋진 사진을 쫓아 현장을 둘러보는 재미가 쏠쏠하다.

수목원에 입장을 한 후 천천히 걸었다. 반쯤이나 걸었을까? 풍경 하나가 내 시선을 끌었다. 한쪽에는 울창한 나무가 있었고 바로 옆에는 말라서 비틀어진 나무가 있었다. “같은 하늘아래 같은 공간에서 어쩜 저리 다르지?”삶과 죽음이 맞닿아 있는 우리네 삶과 너무 닮았다는 생각이 들었을 땐 만감이 교차했다.

한참동안 사진을 찍다가 “나는 죽어가는 마른가지인가? 아니면 울창한 이팝나무인가?” 풍경 하나가 나를 일깨워 주었다.

27

웃음 머금은 산수유

세병호 산책 하던 중(2020. 11. 22. 갤럭시s20울트라)

비구름이 다녀간
주말 아침

산수유에 맺힌
웃음 한 방울

그 안에
아파트가 보였어.

많이 무겁지

금방이라도
떨어질 것 같아

함께 들어주고
싶었지

28

부자 거미

세병호 산책 하던 중(2020. 11. 29, 갤럭시s20울트라)

2박 3일 가족여행(2023. 12. 30~2024. 1. 1)을 여수에서 보냈다. 갑진년(甲辰年) 새해 일출은 향일함에서 보고 싶었다. 가족들은 여유로운 잠을 선택했고, 혼자 향일암에 올랐다.

새해 일출사진이니 만큼 근사하게 찍고 싶었다. 우선 인터넷을 통해 향일암 일출 사진을 샅샅이 찾았다. 다양한 사진들 속에 감탄을 자아내는 멋진 사진이 많았다. "그래 나도 저렇게 멋지게 찍어야지."

2024년 새해 첫날 새벽 4시 30분 숙소를 나와 향일암에 도착하니 일출까지 1시간 넘게 남아있었다.다른 사람들이 자리에 앉아 차분하게 일출을 기다렸지만, 난 부지런히 주변을 돌아다니며 현장 답사를 했다. "아! 저쪽에서 찍으면 되겠다."

그곳에 온 사람들과 일출을 함께 찍었다. 해가 떠오르자 많은 사람들이 자리를 떠났지만 난 현장답사를 하면서 미리 정해놓았던 자리로 이동을 했다. 그리고 '정자 풍경과 바다'를 배경삼아 끈기 있게 셔터를 눌렀다. 덕분에 아주 멋진 '향일암 일출사진'을 얻었다.

귀하게 얻은 사진을 페이스북, 카톡과 틱톡에 공유했더니 "향일암 새해 일출이 장관이네요. 어렴풋이 배가 보이는데, 희망을 가득 실은 청룡호(青龍號) 같아요. 어쩜 이런 사진을 찍었대요." 많은 사람들이 부러워했다.

일상, 여행, 순간을 찍다

초판인쇄	2024년 4월 1일
초판발행	2024년 4월 8일

지은이	강평석
발행인	조현수 조용재
펴낸곳	도서출판 더로드
기획	조용재
마케팅	최문섭
편집	이승득
디자인	호기심고양이

본사	경기도 파주시 초롱꽃로17 303동 205호
물류센터	경기도 파주시 산남동 693-1
전화	031-942-5364, 5366
팩스	031-942-5368
이메일	provence70@naver.com
등록번호	제2015-000135호
등록	2015년 06월 18일

정가 22,000원
ISBN 979-11-6338-446-5 03800